AF451388

ARTS,
MÉTIERS ET CULTURES
DE LA CHINE.

ARTS,
MÉTIERS ET CULTURES
DE LA CHINE,

RÉPRÉSENTÉS

DANS UNE SUITE DE GRAVURES

EXÉCUTÉES

D'après les Dessins originaux envoyés de Pékin, accompagnés des explications données par les Missionnaires français et étrangers, pensionnés par *Louis XIV, Louis XV et Louis XVI*, et de celles puisées dans les Voyages les plus récens.

PAPIER DE BAMBOU,

D'APRÈS LES MÉMOIRES DES PP. D'ENTRECOLLE, CIBOT, etc.

————

PARIS,

NEPVEU, Libraire, Passage des Panoramas, n° 26.
1815.

DU PAPIER

DE BAMBOU.

NOTICE

SUR LES DIVERSES ESPÈCES DE BAMBOUS.

Il est hors de doute que le bambou est connu en Chine dès les temps les plus reculés, et par conséquent qu'il y croît naturellement. Les arts de la Chine et des Indes en tirent un parti surprenant dans tous les ouvrages qu'ils produisent ; les ouvrages auxquels ils l'emploient sont si variés, si innombrables, et d'une utilité si générale qu'on ne conçoit pas comment la Chine pourroit se passer aujourd'hui de ce roseau précieux. Il n'y a point d'exagération à dire que les mines de ce grand empire lui valent moins que ses bambous, et qu'après le riz et les soies, il n'y a rien qui soit d'un aussi grand revenu. Nous donnons la représentation exacte de ce roseau, d'après l'ouvrage de Réede et celui de Roxburg. Jussieu a établi ce genre sous le nom de *nastus*, et ce n'est que depuis très-peu de temps qu'on a reconnu qu'il devoit en former un particulier dont les caractères consistent à avoir les fleurs

renfermées entre des écailles et composées chacune d'une balle, de deux
valves, six étamines, d'un ovaire su-
périeur terminé par un style bifide.

Il est certain que le bambou sort
de terre, comme l'asperge, avec
toute la grosseur qu'il aura, à quelque hauteur qu'il monte, et que les
rejetons ne sont jamais plus gros
que le maître-pied. Sur quoi il faut
observer que cette règle générale ne
regarde que les plantations et bos-
quets de bambous : car, quand un
bambou est isolé, planté à la manière
des autres arbres, et continuellement
débarrassé de ses rejetons, il croît en
grosseur peu à peu, surtout si on
le laisse se ramifier. Il est difficile de
déterminer avec précision quelles
sont la hauteur et la grosseur des

plus grandes espèces de bambou.
Quant à la grosseur, on a vu des
porte-pinceaux qui avoient plus
de cinq pouces de diamètre de dedans
en dedans. Il y en a certainement
de beaucoup plus gros, et qui vont
jusqu'à un pied et demi de diamètre.
Dans le *Yun-Nan* et le *Kouang-Si*
il y en a eu qui étoient assez gros
pour servir de boisseau à mesurer
le riz, mais on convient que c'étoient
des curiosités : et s'il y en a eu quelquefois d'assez gros pour faire de
petites barques d'une seule pièce,
on a passé plusieurs siècles sans en
revoir. La hauteur ordinaire des
grands bambous est de trente à
quarante pieds : ceux qui vont jusqu'à cinquante sont rares, et quand
ils atteignent soixante-dix à quatre-

vingts pieds, ils sont regardés comme des miracles de la nature.

Tout bambou a un vernis naturel qui est fort beau ; mais on fait une espèce à part de celui dont les entre-nœuds paroissent couverts d'un vernis transparent, et qui approche de l'ambre jaune.

Un auteur chinois dit qu'il y a dans sa patrie une si prodigieuse variété de bambous, qu'il se voit forcé de n'entreprendre la description que de soixante-trois.

Un bambou diffère d'un autre : 1°. par la grosseur et la hauteur ; 2°. par la distance des nœuds ; 3°. par la forme des nœuds ; 4°. par la couleur du bois ; 5°. par la superficie et la forme des entre-nœuds ; 6°. par la substance et l'épaisseur du bois; 7º. par les branches; 8º. par les feuilles; 9º. par les racines; 10º. par des singularités qui se perpétuent.

Il y a des espèces dont les nœuds sont toujours à la distance de quatre pouces, quel que hauteur et grosseur qu'acquière le bambou ; et d'autres, au contraire, où cette distance est de neuf à dix pieds,
que jeune et quelqu'éfilé qu'il soit. C'est de cette dernière espèce dont on fait des nattes, et même de la toile.

Il y a une espèce dont le bout est tendre, et ne semble qu'une moelle filamenteuse et durcie. Le bois d'une autre espèce est d'une dureté extraordinaire, et a une force prodigieuse en quelque sens qu'on l'emploie. Il rend un son approchant de celui du fer quand on le frappe.

Il y a des bambous qui, quoique fort gros et fort hauts, ont toujours un bois très-mince, et d'autres qui ne sont pas très-évidés en dedans, et finissent par être pleins et massifs comme d'autres arbres.

Il y a des bambous qui ne ramifient jamais, et ne donnent qu'une tige isolée ; d'autres, au contraire, qui se fourchent et qui poussent des branches dès qu'ils sortent de terre.

On voit des branches à feuilles bleuâtres, rougeâtres et cendrées, panachées et de cinq couleurs, à feuilles d'hirondelle, à cent feuilles, à feuilles larges, dures et fermes comme celles du palmier, de manière qu'on en fait de jolis éventails.

Des bambous ont des feuilles en tuyau, et d'autres les feuilles adhérentes. Les premières enveloppent le bambou depuis le nœud où elles commencent jusqu'au suivant, et ne commencent à s'en détacher et à s'étendre que lorsqu'elles sont arrivées à la naissance de la suivante. Les secondes ont de plus, qu'elles sont adhérentes au bois, et y tiennent de manière que les artistes chinois s'en servent pour former dessus des dessins en les évidant.

Tout bambou en général a une racine noueuse, tortueuse et rampante; mais il y en a une espèce dont la racine pique en terre, et n'est qu'une grosse touffe de filets et de cheveux dont la force passe de beaucoup la grosseur.

Le bambou demande une terre molle, spongieuse, mêlée de craie et de vase. La meilleure est celle des levées qu'on fait à travers les marais, dans les prairies enfoncées, et dans le voisinage des étangs et des rivières. Le bambou périt cependant si sa racine touche à l'eau; elle semble l'éviter puisqu'elle ne pique pas en bas, mais serpente horizontalement sous terre, à une assez médiocre profondeur.

A parler en général les bambous fleurissent très-rarement. Leurs fleurs sont verdâtres et disposées en forme d'épis. Aux fleurs succèdent des grains qui approchent de la forme du froment, mais plus gros et noirâtres.

Végétation du Bambou.

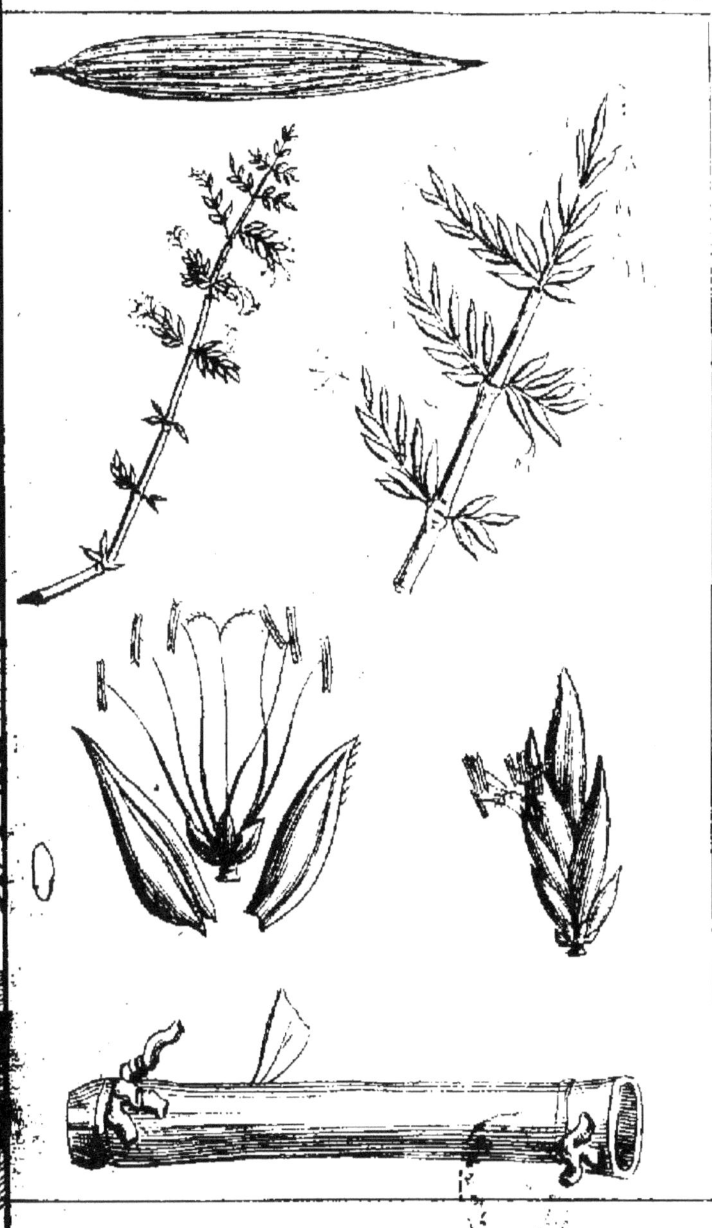

Détails linnéens.

Iʳᵉ PLANCHE.

—

Végétation du bambou. Détails linnéens.

—

Lᴇ seul ouvrage où la gravure puisse nous donner une idée bien exacte d'un végétal aussi précieux que le bambou, est l'*Hortus Malabaricus*, dont le prix est considérable, et qu'il est presqu'impossible de rencontrer dans le commerce. C'est dans cet ouvrage que nous avons copié l'exacte représentation que nous en offrons. Les détails linnéens ont été pris dans celui de Roxburg, savant médecin anglais établi à Calcutta. Plusieurs planches de l'Atlas du Voyage à l'Ile de France de M. Milbert, et une de celui du Voyage à la Chine de M. de Guignes, donnent un aspect général des végétations de bambous qui paroît très-exact.

Le bambou est loin d'être à la Chine le seul végétal dont on se serve pour le papier. Un auteur chinois a dit que dans la province de Sé-Tchuen, le papier se fait de chanvre ; que *Kao-Tsong*, troisième empereur de la grande dynastie des *Tang*, fit faire un excellent papier de chanvre où il faisoit écrire ses ordres secrets ; que dans les pro—

vinces du nord on y emploie l'écorce des mûriers ; que dans la province de Tche-Kiang, on se sert de la paille de blé ou de riz ; que dans la pro-vince de Kiang-Nan il se tire du parchemin des cocons de soie, et se nomme *louen-tchi* ; qu'il est fin, uni et propre pour des inscriptions et des cartouches ; que dans la pro-vince de Hon-Quang, c'est l'arbre *tchu* ou *ko-tchu* qui fournit la ma-tière du papier ; enfin, que dans la province de Fokien il se fait de tendre bambou.

C'est des manipulations et des métamorphoses que subit ce pré-cieux roseau pour être transformé en papier, que nous nous occupons spécialement dans cet ouvrage.

2..

On coupe les bambous en grandes tiges, ensuite en morceaux, de 2 à 3
pieds, on les réunit en faisceaux que l'on met rouir dans une mare.

IIe PLANCHE.

On coupe les bambous en tiges, les
tiges en morceaux de deux à trois pieds
de longueur ; on les réunit en faisceaux,
que l'on met rouir dans une mare.

Aucun auteur ne dit qu'on fasse des
semis de bambous. Est-ce à cause
qu'ils grainent rarement? est-ce parce
que cela seroit trop long? Ce pourroit être les deux raisons à la fois.
Quoi qu'il en soit, c'est par les reje-

tons qu'on propage ordinairement les bambous de toutes les espèces. Plus ceux qu'on choisit sont gros, plus ceux qui poussent le sont aussi. On transplante les rejetons ou au commencement du printemps ou à la fin de l'automne. Quelque saison que l'on choisisse, il faut couper deux ou trois mois auparavant l'endroit du rejeton qui tient à la mère racine, et délivrer le rejeton de ceux qui proviennent de lui.

Les fosses destinées à recevoir des plants de bambous doivent avoir été creusées plusieurs mois d'avance, et n'avoir qu'un pied et demi ou deux de profondeur, et être distantes l'une de l'autre environ d'un pas et demi. Il est toujours bon de conserver les mottes à ces plants de bambou. Quand on vise au revenu, on coupe les plants à la hauteur de sept à huit pieds pour hâter l'extension des racines et la pousse des rejetons. Voici une manière de donner aux rejetons une grosseur plus forte que celle de la tige transplantée, et dont tous les auteurs garantissent le succès. On choisit un pied de bambou bien venant et d'un bois fort, bien nourri et mûr. En le transplantant on ne lui laisse que quatre ou cinq pouces au-dessus du nœud qui est le plus près de terre, puis on remplit de terre grasse et de soufre tout ce qui reste du tuyau. Plus la racine est forte, plus elle pousse de rejetons; mais on les pince dès qu'ils commencent à poindre, durant trois années entières : à la quatrième, si

on a bien choisi le sol et l'exposition,
pour peu qu'on ait soigné son plant,
les rejetons dont il sera environné
seront beaucoup plus gros que lui,
et en donneront sans cesse qui lui
ressembleront.

Toute la culture que demande
les bambous se réduit à bécher la
terre et à en mettre un peu de nouvelle chaque année, parce que leur
racine s'allonge en rampant, et
grossit en s'élevant.

Très-anciennement les Chinois
n'avoient point de papier. Ils écrivoient sur des planches de bois et
sur des tablettes de bambou. Au
lieu de plume ou de pinceau, ils se
servoient d'un style ou d'un poinçon
de fer. Ils écrivoient aussi sur le
métal, et les curieux de cette nation

en conservent d'anciennes plaques ; mais il y a long-temps qu'ils ont inventé l'usage du papier. Ils en ont fabriqué et en fabriquent d'une incroyable variété d'espèces tirées de l'écorce de divers arbres, surtout de ceux qui abondent le plus en sève. Les mûriers, les ormes, les arbousiers, le corps de l'arbrisseau qui produit le coton, le chanvre et plusieurs autres espèces d'arbres dont les noms sont inconnus en Europe, servent à la confection de divers papiers.

Dans une forêt des plus gros bambous, on fait choix des jets d'un an qui ont acquis la grosseur du gros de la jambe d'un homme puissant. On les dépouille de leur première pellicule verte, puis on les fend, et on les divise en plusieurs bandes étroites de six à sept pieds de longueur. Il est à remarquer que le tronc de bambou étant composé de fibres longues et droites, il est très-aisé de le fendre de haut en bas, au lieu qu'en travers il résiste extrêmement à la coupe. On ensevelit dans une mare d'eau bourbeuse ces bandes étroites qu'on a fendues et réunies en faisceaux, afin qu'elles y pourrissent en quelque sorte, et que cette macération produise la solution des parties compactes et tenaces. Au bout d'environ quinze jours, on retire les bambous de la mare.

On lave les Bambous en les mettant tremper dans une eau de chaux et les replaçant

encore dans une mare. On en ôte la peau et on les coupe en très petits morceaux.

IIIᵉ PLANCHE.

—

On tare les bambous, en les mettant tremper dans une eau de chaux, et on les replace encore dans une mare; on en ôte la peau, et on les coupe en très-petits morceaux.

—

Lorsque les bambous sont retirés de la mare, on les lave dans une eau pure, on les étend dans un large fossé, et on les couvre abondamment de chaux. Après quelques jours on les en retire; et, les ayant lavés une seconde fois, on les coupe en très-petits morceaux prêts à être mis sous le pilon.

Quelques écrivains ont prétendu que le papier de la Chine n'est pas de durée, et qu'il se coupe aisément, surtout celui fabriqué avec les bambous. Ils ont attribué cela aux différens lavages d'eau de chaux que l'on fait subir à ces roseaux. Il est vrai dans un sens que le papier de bambou est sujet à se couper, mais c'est lorsqu'on lui a donné une teinture d'alun pour le rendre propre à être employé par les Européens : sans cette même teinture d'alun, il boiroit notre encre.

La consommation de papier est si grande à la Chine, qu'il n'est pas étonnant qu'on en fabrique de toutes sortes d'espèces. Outre la quantité surprenante dont il faut pourvoir les lettrés et les étudians qui sont presque sans nombre, et fournir les boutiques des marchands, il n'est pas concevable combien il s'en consomme dans les maisons des particuliers. Un côté des chambres n'est que fenêtres avec des châssis de papier : sur le reste des murailles, qui sont enduites de chaux, on colle du papier blanc, et par là on les conserve blanches et unies : le plafond consiste en un châssis garni de papier sur lequel on trace divers ornemens. Si l'on a dit avec raison qu'on voit briller les appartemens chinois de ce beau vernis, que nous admirons en Europe, il est également vrai que dans la plupart des maisons on n'aperçoit que du papier. Les ouvriers chinois ont le talent de le coller très-proprement.

Nous observerons que les morceaux de bambou qu'on a fait bouillir dans de l'eau de chaux, reçoivent aisément à la presse, différentes empreintes et les conservent, ainsi que les morceaux de buis dont nous faisons en France des tabatières.

On pile les bambous réduits en très petits morceaux, on moud les bambous à la meule après qu'ils sont pilés.

IVe PLANCHE.

—

On pile les bambous réduits en petits morceaux, et on les moud ensuite à la meule.

—

Le bambou a cela de particulier, de même que l'arbrisseau qui porte le coton, qu'on se sert, pour en fabriquer du papier, non de son écorce, mais de toute sa substance ligneuse. Lorsqu'il a roui dans une mare et subi l'action de l'eau de chaux dans des cuves, il est apporté en petits morceaux et jeté dans des mortiers que font mouvoir des hommes avec leurs pieds.

On fait cuire au bain marie la bouillie de Bambou.

Ve PLANCHE.

—

On fait cuire au bain-marie la bouillie
de bambou.

—

LORSQU'AU moyen du pilon et de la
meule on a réduit le bambou en une
espèce de pâte mêlée encore de beaucoup de filamens, on jette cette pâte
dans une vaste cuve, offrant, comme
on peut le voir par l'estampe en
regard, l'image d'un large cône
tronqué. Cette cuve pose sur une

grande bassine de cuivre qui la préserve de l'action du feu. La pâte de bambou cuit ainsi au bain-marie, et par une longue cuisson se réduit en une espèce de bouillie.

Le papier qui se fait de bambou, n'est, ainsi que nous l'avons dit plus haut, ni le seul, ni le meilleur, ni le plus commun qui se fasse à la Chine. Plusieurs autres espèces d'arbres, dont les noms sont inconnus en Europe, servent à en fabriquer d'une incroyable variété d'espèces; on y emploie l'écorce, ou même des parties de l'écorce : d'abord on ratisse légèrement la mince superficie de l'arbre qui est verdâtre; ensuite on détache l'écorce intérieure en forme de longues aiguillettes très-déliées, qu'on blanchit à l'eau et au soleil; après quoi on les prépare de la même manière que le bambou ; mais le papier qui est le plus en usage, et dont on se sert communément, c'est celui qui se fait de l'écorce intérieure de l'arbre nommé *kou-tchu* ; et c'est pourquoi ce papier s'appelle *kou-tchi*. Quand on rompt ses branches, l'écorce se détache en forme de longs rubans ; à en juger par ses feuilles, on croiroit que c'est un mûrier sauvage, mais par son fruit, il ressemble plus au figuier. Ce fruit tient aux branches sans qu'on y aperçoive de queue : quand on l'arrache avant sa parfaite maturité, il rend du lait de même que les figues, par l'endroit qui le tenoit attaché aux branches. Cent traits de ressemblance avec le figuier et le mûrier, feroient croire

que c'est une espèce de sycomore.
Il semble néanmoins avoir plus de
rapport avec l'espèce d'arbousier,
nommé *adrachne*, qui est d'une grandeur médiocre, dont l'écorce unie,
blanche et luisante, se fend en été
par la sécheresse. L'arbre *kou-tchu*,
de même que l'arbousier, croît sur
les montagnes, et dans des endroits
pierreux.

La planche V qui représente
la cuisson de la pâte, offre en outre
une particularité digne d'être re-
marquée. On y voit un porc auquel
on donne à manger de la pâte de
bambou. Cet animal en effet ne la
rejette pas, et le rebut des cuves lui
convient. Outre cet emploi, qui n'est
pas sans intérêt aux yeux de l'agri-
culteur économe, le bambou sert en

Chine à un usage qu'on ne connoît peut-être point dans les îles de l'Amérique où il a été transporté.

Lorsqu'il commence à sortir de terre, on en coupe une quantité de gros jets, jusqu'à une certaine profondeur en terre, comme on coupe chez nous les asperges. Ces jets encore tendres sont mangés, non-seulement par les gens du peuple, mais par les personnes qui se nourrissent le plus délicatement. Ce qui ne se consomme point dans l'endroit se transporte ailleurs, même fort loin, après avoir reçu une préparation qui l'empêche de se gâter. Des personnes qui ont demeuré dans les cantons où le bambou croît en abondance, m'ont dit qu'on fendoit ces jets en quartiers; qu'on les exposoit pendant un certain temps à la vapeur de l'eau bouillante, et qu'on les faisoit ensuite sécher. Au moyen de cette préparation, on les conserve assez long-temps, et on peut les transporter fort loin. On en mange toute l'année à Pékin, où on en apporte en grande quantité des provinces méridionales. On les fait tremper dans l'eau fort long-temps; après quoi on les coupe en morceaux qu'on sépare en tranches d'une ligne ou deux d'épaisseur, ou bien on les coupe en filamens; et après les avoir fait bien cuire, on les assaisonne de différentes manières ; on les mêle dans différens ragoûts. Il s'en fait une si grande consommation qu'on n'en mange pas seulement la partie la plus tendre, mais encore quelquefois celle qui offre un peu de dureté. On les laisse plus ou moins croître avant de les couper, et on en forme différentes classes à différens prix, afin de pouvoir satisfaire tout le monde. Cet usage du bambou est pour certains cantons une ressource et un objet de commerce considérable. Les Chinois font aussi macérer des morceaux de bambou tendres dans le sel; et c'est une de leurs préparations d'herbes salées qu'ils mangent souvent avec le riz. On pense que le bambou qui croît très-bien dans nos îles d'Amérique pourroit prospérer jusqu'à un certain point, dans les provinces méridionales de la France, du moins dans certains cantons. Malgré les grands froids de Pékin et leur longue

durée, on en a vu un plant absolu-
ment négligé, qui n'a pas laissé de
subsister plusieurs années ; mais les
jets n'étoient pas plus gros que le
doigt.

On remue la bouillie de Bambou dans des cuves, on la fait fermenter, et on la lave dans un étang.

VI.e PLANCHE.

—

On remûe la bouillie de bambou dans des cuves ; on la fait fermenter, et on la lave dans un étang.

—

LA bouillie de bambou est retirée des cuves, au bain-marie, pour être mise dans d'autres cuves plus petites, et y être agitée long-temps avec les bras ou avec des bâtons. Elle est ensuite jetée dans une citerne maçonnée en brique et abritée par un hangar. Lorsque la citerne en est pleine, et que la pâte dépasse le niveau, on recouvre la pâte de nattes, et on la laisse fermenter pendant quelques jours. On la remet ensuite dans des paniers d'osier que l'on porte dans un étang voisin, et que l'on y tient à moitié enfoncés. On lave alors cette pâte filamenteuse de la même manière que le font les apprêteurs dans les lavages de laine.

Ces soins sont nécessaires pour faire passer le bambou de son état à celui de papier ; tandis qu'ils seroient déplacés dans nos manufactures européennes, qui n'opèrent ordinairement que sur des chiffons de toile de lin, de chanvre, de coton ou de soie, déjà triturés par un long usage et ensuite par les pilons. Cette fermentation que doit éprouver dans la citerne la pâte du bambou, est d'autant plus active, que ses parties, malgré leur macération, ne sont point encore dépouillées du suc végétal.

On fait le Fǎdo-u-Tobi, sorte de papier qui a quelquefois 12 pieds de long sur 4 ½ de large.

VIIe PLANCHE.

On fait le *pélou-tchi*, sorte de papier qui a quelquefois douze pieds de long sur quatre et demi de large.

Pour former une matière propre à être levée en feuilles de papier, la pâte de bambou doit être liée par une espèce d'eau gommée que l'on tire d'une plante sarmenteuse qui croît sur les montagnes et dans les lieux incultes, et qu'on appelle *ko-teng*.

On coupe différentes tiges de cette plante qu'on laisse tremper quatre à cinq jours dans l'eau ; alors, il en sort un suc onctueux et gluant, qui ressemble à de la colle. On mêle cette colle avec la pâte du papier, de la même sorte que les peintres mélangent leurs couleurs en évitant d'en mettre trop ou trop peu. L'expérience apprend le degré que l'on doit donner à ce mélange.

Quand on a mêlé le suc du ko-teng avec les parties du bambou, délayées de telle sorte qu'elles ressemblent à de l'eau trouble et pâteuse, on verse cette eau dans de larges et profonds réservoirs en briques, composés de quatre murailles tellement mastiquées au fond et aux parois, que la liqueur ne puisse ni couler ni pénétrer : alors,

des ouvriers placés aux côtés du réservoir enlèvent avec des moules la
surface de la liqueur qui devient
presqu'aussitôt papier. Sans doute
que le suc mucilagineux et gluant
du *ko-teng* en lie les parties, et
contribue beaucoup à rendre le papier si uni, si doux et si poli : ce
que n'a point le papier d'Europe au
moment qu'il se forme.

Le châssis destiné à lever les
feuilles de papier dont le cadre est
aisé à démonter, à hausser et à
baisser, n'est point garni de fils
de fer comme en Europe, mais de
fils de bambou. Ce sont de petites
baguettes qu'on tire plusieurs fois
par une filière faite de plaques d'acier,
et qu'on rend aussi fines et aussi
déliées que le fil de fer. On les cuit
au feu dans de l'huile pour les en

pénétrer, afin que le châssis entre légèrement dans l'eau, qu'il n'y enfonce qu'autant qu'il est nécessaire pour lever les feuilles de papier.

Quand on veut avoir des feuilles d'une grandeur extraordinaire, on a soin que le réservoir et le châssis soient grands à proportion. Au moyen d'une poulie et de cordons fixés aux extrémités du cadre, des ouvriers qui se tiennent peu éloignés de ceux qui tiennent le cadre, aident ces derniers à lever la feuille en manœuvrant d'une manière égale et uniforme.

Il paroît que le *pélou-tchi*, d'une dimension de sept à huit pieds, n'exige pas d'autres apprêts que ceux représentés dans la planche septième.

On fait sécher le papier.

VIIIe PLANCHE.

On fait sécher le papier.

DANS nos fabriques d'Europe, les feuilles de papier ne sont pas plutôt levées, qu'elles sont mises entre des morceaux de laine et débarrassées de l'eau qu'elles contiennent par la pressure, et ensuite par l'étendage.

En Chine on construit en briques deux murailles obliques en forme de toit sous lesquelles on entretient un feu modéré. Les feuilles ne sont pas plutôt appliquées sur l'un ou l'autre côté de ce toit échauffé, qu'on peut les retirer parfaitement sèches. L'application des feuilles encore humides sur ces murailles ne leur fait pas perdre l'empreinte des fils de bambou ; elles y sont remarquables seulement d'un côté, tandis que dans notre papier *non-vélin*, le recto et le verso de la feuille portent une égale empreinte des fils de métal.

Quand il s'agit de donner de la force au papier et de l'empêcher de boire, les Chinois lui donnent une teinture d'alun. Pour exprimer cette opération, les Européens ont inventé le terme de fanner, parce que le mot chinois *fan* signifie alun,

Voici quelle est leur méthode : on prend six onces de colle de poisson bien blanche et bien nette ; on la hache fort menu, et on la jette dans douze écuellées d'eau pure, qu'on fait ensuite bouillir ; il faut sans cesse la délayer, en sorte qu'il n'y reste aucun grumeau de colle. Quand le tout a été réduit en une forme liquide, on y jette trois quarterons d'alun blanc et calciné qu'on y fait fondre et incorporer. Cette mixtion se verse dans un grand et large bassin, sur lequel on met en travers une baguette ronde et bien polie. Ensuite on passe l'extrémité de chaque feuille dans toute sa largeur, entre une autre baguette fendue d'un bout à l'autre dont on serre bien deux parties ; puis en plongeant doucement la feuille de papier, on en tire aussitôt ce qui y est entré, en le faisant glisser sur la baguette ronde. Quand toute la feuille a passé lestement par ce bassin, où elle s'est blanchie et affermie, la longue baguette qui embrasse la feuille à son extrémité, se fiche dans un trou de muraille, où la feuille reste suspendue pour se sécher, ou plutôt les divers bâtons se disposent comme on les voit dans la planche suivante.

On fait le papier Teung-Tcon-Petchi ainsi que celui appellé King-Ton-Tchao-Tchi.

IXᶜ PLANCHE.

—

On fait le papier *teang-teou-petchi*, ainsi que celui appelé *king-tou-tchao-tchi*.

—

Nos manufactures européennes ne fabriquent guères des papiers d'une dimension au-delà de celle du *grand-aigle* ; nos marchands ne tiroient de Chine que le papier dont nos papeteries ne pouvoient pas atteindre la grandeur, et non celui qui rentroit dans nos mesures ordinaires,

5.

tel que les papiers *teang-teou-petchi*, et celui appelé *king-tou*, *tchao-tchi*, dont la fabrication est représentée par la planche neuvième.

Ici les ouvriers ne sont point, comme ceux de la planche VII, obligés de se pencher sur la fosse pour lever la feuille. Près du réservoir sont creusés des trous qui leur permettent de plonger et de lever leur châssis sans être obligés de se pencher.

Le séchage est infiniment simple ; il se réduit à appliquer les feuilles sur une muraille très-lisse et probablement exposée au midi. On les retire quand elles sont sèches.

Quoique le papier dont il est ici question ne soit pas celui que les Chinois argentent à peu de frais et sans y employer de feuilles d'argent, nous allons cependant parler des moyens d'argenter le papier. On prend deux scrupules de colle de peau de bœuf, un peu moins d'un scrupule d'alun blanc, et demi-livre de belle eau ; on fait cuire le tout à petit feu jusqu'à la consomption de l'eau , c'est-à-dire jusqu'à ce qu'il ne s'elève plus de fumée ni de vapeurs ; on a soin que cette mixtion soit très-pure et très-nette. Alors on étend sur une table bien unie les feuilles de papier fait de l'arbre qui porte le coton. Ce papier se nomme *se-lien-tchi* : on met sur ces feuilles, avec le pinceau, deux ou trois couches de la colle d'une manière égale et uniforme. Il est aisé de s'apercevoir quand cette liqueur appliquée a de la consistance et ne coule point ; si elle paroît encore s'étendre, il faut revenir à une nouvelle couche. Enfin on prend de la poudre de talc préparée de la manière expliquée ci-dessous. On la passe par un tamis très-fin, ou par une pièce de gaze bien serrée ; et l'on répand uniformément cette poussière sur les feuilles disposées à la recevoir : après quoi on suspend ces feuilles à l'ombre pour les sécher : quand elles sont sèches on les remet sur la table, et avec du coton neuf on les frotte doucement pour en faire tomber le superflu du talc, qui peut servir pour une autre occasion. On pourroit même employer simplement cette poussière, en la détrempant dans l'eau mêlée de colle et d'alun, et tracer à son gré des figures sur le papier.

Quoiqu'on ne parle ici que de l'espèce de papier fait de l'arbrisseau qui porte le coton, ce n'est pas à dire qu'on ne puisse argenter toutes sortes de papier, s'il est bien uni, et si l'on y emploie le talc préparé de la manière suivante :

Quand on a choisi une pierre de talc fin, bien blanc et transparent, on la fait bouillir dans de l'eau environ quatre heures. Après l'avoir retirée du feu, on la laisse encore dans l'eau un ou deux jours : ensuite on la lave bien, et on la met dans un sac de toile, où on la brise à grands coups de maillet. A dix livres de talc brisé, on ajoute trois livres d'alun blanc : on moud le tout dans un petit moulin, qui se tourne à la main avec une espèce de manivelle; puis on le passe par un tamis de soie, et après avoir recueilli ce qui a passé, on le jette dans l'eau qu'on a fait tant soit peu bouillir. Quand la matière est tout-à-fait reposée, on fait écouler par inclination; ce qui reste reste au fond, ayant été exposé au soleil, fait une masse qu'on porte dans le mortier, pour le réduire en poudre impalpable. On passe encore cette poussière par le tamis, et on l'emploie de la manière expliquée plus haut.

Boutique de Papeterie.

Xe PLANCHE.

—

Boutique de papeterie.

—

La planche ci-jointe représente l'intérieur d'une boutique où des ouvriers sont employés, les uns à lisser le papier, les autres à le débarrasser des ordures qu'il auroit pu ramasser en séchan t

On remarque qu'ici l'enseigne du marchand est perpendiculairement placée sur un des côtés de la boutique, tandis que chez nous l'enseigne est horizontale et occupe extérieurement la longueur de la boutique, ce qui semble nécessité par la manière dont les Chinois écrivent, et qui est de haut en bas perpendiculairement. Une particularité de cette enseigne c'est que les derniers mots qui se prononcent *pu hu*, signifient qu'on ne vous trompera pas ; ce qui répond à nos mots *à prix fixe*, *au gagne petit*, *à la bonne foi*. Or, l'on sait que les marchands chinois sont d'une mauvaise foi dont l'impudence surpasse toute idée.

Avant J. C., on écrivit longtemps à la Chine sur des pièces de soie et de toile : c'est pour cela que la lettre *tchi* est composée tantôt du caractère *se*, qui veut dire soie, et tantôt du caractère *kin*, qui signifie toile. On coupoit la pièce de soie ou de toile selon la forme plus ou moins grande qu'on vouloit donner au livre. L'usage d'écrire sur la soie paroît s'être conservé pour les grandes occasions : dans les lettres adressées à M. Bertin sur la fin du siècle dernier, il en est une écrite sur un petit coussin de soie jaune renfermée dans une boîte de laque, sur laquelle est le dragon d'or à cinq griffes.

En l'année 95 de l'ère chrétienne, sous les *Han*, un grand mandarin du palais, nommé *Tsai-Lun*, inventa une meilleure forme de papier qui porta son nom.

Ce mandarin mit en œuvre l'é—

corce de différens arbres, et de vieux
morceaux de pièces de soie et de
chanvre déjà usés : à force de faire
bouillir cette matière, il lui donna
une consistance liquide, et la rédui-
sit à une espèce de bouillie dont il
forma différentes sortes de papier.
Il fit du papier de la bourre même
de soie qu'on nomma papier de
filasse. Peu après, l'industrie chi-
noise perfectionna ces découvertes,
et trouva le secret de polir le papier
et de lui donner de l'éclat.

On met le papier en rames composées de 100 feuilles.

~~~~~~

XIᵉ PLANCHE.

On met le papier en rame, composée
de cent feuilles.

LA gravure en regard et le titre de
ce chapitre dispensent de donner
aucune explication sur la mise en
rame et sur la machine à presser
qui est d'une grande simplicité.
Nous consacrerons donc les trois
derniers chapitres de cet ouvrage à
parler des autres utilités du bambou.

6
~~~~~~

On en fait des cordes et des câbles dont l'avantage est prodigieux, parce qu'ils réunissent la légèreté et la solidité; d'autres cordages manqueroient de la première, et même de la seconde qualité, quand il faudroit, par exemple, maintenir une barque dans le fil du courant d'un fleuve ou d'une rivière.

La corde par laquelle on tire le navire est faite de l'écorce du bambou; elle n'a souvent que l'épaisseur du petit doigt, et cependant elle est très-forte en même temps qu'elle est très-légère. De tout ce qui croît dans la vaste étendue de l'empire de la Chine, il n'est rien, sans contredit dont l'utilité surpasse celle du bambou qu'on emploie à tout, même comme nourriture, ainsi que nous l'avons expliqué plus haut. On ne connoît presque rien à la Chine, de ce qui a quelqu'usage, soit sur terre, soit sur l'eau, dans la composition duquel le bambou n'est pas employé, ou à l'utilité duquel il ne soit pas associé. Depuis les choses les plus estimées, qui servent à orner les appartemens du prince, jusqu'au moindre outil que manic le pauvre artisan, le bambou trouve sa place partout. On en construit des maisons entières et tous les meubles qui la garnissent. Dans la navigation, c'est le bambou qui fournit depuis la cordelle qui tire le frêle esquif, jusqu'au câble qui, lié à l'ancre, fait la sécurité du plus gros vaisseau.

Cet arbre, dit M. Van-Braam,

6.

qui se propage avec une étonnante
abondance, et qui croît avec une
rapidité remarquable, mérite d'être
considéré comme un des plus grands
bienfaits que la nature ait accordés au
sol de la Chine : aussi les Chinois en
marquent-ils une vraie reconnois-
sance, en en multipliant sans cesse
le précieux usage. Il est douteux
qu'aucun point du globe offre, dans
le règne végétal, une substance qui
ait une utilité aussi générale que
celle du bambou.

On encaisse le papier dans des corbeilles que l'on fabrique avec des éclats de Bambou.

XIIᵉ PLANCHE.

—

On encaisse le papier dans des corbeilles, fabriquées avec des éclats de bambou.

—

Lᴇꜱ corbeilles extrêmement solides que l'on fabrique pour l'emballage des rames de papier, avec des éclats de bambou, offrent encore une nouvelle preuve de son utilité. Il sert en effet à la confection des paniers les plus élégans, des cages, et même des souliers d'été

tissus à claire-voie , de la manière
la plus fine et la plus variée.

Les corps des pinceaux avec lesquels on marque les ballots , et gé-
néralement tous ceux avec lesquels
on écrit, sont des tiges menues de
bambou.

Il existe à l'extrémité d'un fau-
bourg de Pékin une manufacture
assez singulière , où il se fait un
r'habillage de papier dont le débit
est fort grand ; c'est-à-dire que
ces ouvriers ramassent tout ce qu'ils
peuvent trouver de vieux papier usé
pour en faire de nouveau. Peu im-
porte que ce papier soit écrit ; qu'il
ait été collé sur des châssis ou sur
des murailles, ou qu'il ait servi à
d'autres usages ; tout leur est bon,
et on leur en apporte des provinces,

qu'ils achètent à un prix très-mo-
dique.

Ces ouvriers occupent un assez
long village dont les maisons sont
adossées contre les sépultures :
chaque maison a une enceinte de
murailles bien blanchies avec de la
chaux. Là on voit dans chaque
maison de grands monceaux de
vieux papiers qu'ils ont ramassés ;
s'il s'en trouve beaucoup de fin, ils
en font le triage. Ils jettent ces
morceaux de vieux papiers dans de
grands paniers plats et assez serrés.
Ils vont ensuite près d'un puits, et
sur une petite pente pavée ; ils
lavent de toute leur force ce vieux
papier ; ils le manient avec la main,
et le foulent avec les pieds pour le
décrasser, en ôter les souillures et

le réduire en une masse informe : puis ils font cuire cette masse ; et, après l'avoir bien battu jusqu'à ce que la matière se trouve au point qu'il faut pour en lever des feuilles, ils la versent dans un réservoir. Ces feuilles ne sont que d'une grandeur médiocre : quand ils en ont levé une assez bonne pile, ils la portent dans l'enclos voisin, où, séparant chaque feuille avec la pointe d'une aiguille, ils l'appliquent encore toute humide contre la muraille qui est très-unie et très-blanche. Dès que l'ardeur du soleil a séché toutes ces feuilles, ce qui se fait en peu de temps, ils les détachent et les rassemblent.

Embarquement des rames de Papier.

XIIIe PLANCHE.

Embarquement des rames de papier.

Nous n'avons plus rien à ajouter sur la fabrication du papier, ni sur la nature de ce précieux roseau qui, entre les nombreux usages auxquels il sert, doit surtout être considéré sous le rapport du papier.

La quantité des rivières, des lacs, et des canaux dont la Chine est arrosée, rend les produits des diverses manufactures d'un transport facile et peu dispendieux : il n'y a point de ville ni même de bourgade, surtout dans les provinces méridionales, qui ne soit sur les bords ou d'une rivière ou d'un lac, ou de quelque canal. La planche N° XIII, offre la forme d'une barque marchande propre à transporter le papier. Cette espèce de barque, par sa construction, n'est susceptible de naviguer sans danger que sur les canaux. Il seroit trop avantureux de s'en servir sur les lacs et sur les côtes. Elle n'a ni mât ni voile ; un gouvernail et des perches de bambou sont les seuls moyens de la faire aller, et suffisent sur les canaux et petites rivières.

Les canaux, de même que les rivières, sont tous couverts de barques, grandes, longues ou plus petites ; on en voit quelquefois plus d'un quart de lieue de suite ; elles sont si serrées qu'il n'est pas possible d'y en insérer aucune, et l'on peut dire sans exagération, qu'en Chine, la surface des eaux est aussi habitée que celle des terres, et que la population semble s'y presser avec autant d'agitation.

FIN.

IMPRIMERIE DE LE NORMANT, RUE DE SEINE.